スウィート・ホーム

SWEET HOME

西田政史

Masashi Nishida

ユニヴェール4

書肆侃侃房

スウィート・ホーム＊目次

装画　ありかわりか
装幀　宮島亜紀

スウィート・ホーム

世界よりいつも遅れてあるわれを死は花束を抱へて待てり

序章

もう何も起きない部屋で

もう何も起きない部屋にもう誰も起きないアラーム・クロックがある

もう何も起きない部屋にふたりとも天使の顔をして生きてゐる

もう何も起きない部屋に哀しみは哀しみのままその文字のまま

もう何も起きない部屋で父親の遺言めいた朝を迎へる

もう何も起きない部屋にかぐはしく腐る洋梨ほどの異変を

もう何も起きない部屋の入口をあかるい独裁者がノックする

言論が僕に代はつてもう何も起きない部屋の扉を開けた

「もう何も起きない部屋」と君は言ふクリネックスに火をつけながら

第一章　漸近線のヴィジョン

夕風に殴られてゐた

ほとばしるわたしの水を流しこみ真摯な溝である日常は

晴れわたる春はまぼろし眼を閉ぢてこの華やかな耳鳴りを聴く

すれ違ふ人みな淡く靴ひもの先を見ながらぼくは歩いた

雨の日の仔犬みたいについいて来る遊びぢやないんだらうな憂鬱
ぼくを立ち止まらせ淡く抒情する春には春のセブン‐イレブン
ぼくが脱け出しても気づかぬふりをして甘く冷たいセブン‐イレブン

缶コーヒーの幻想的な甘さからふときみの肉声が聞こえる

意味もなく暴力的に明るくてこんがらがつてゐる夏の水

睫毛伏せて珈琲店にゐるあひだふいにすべてをひらくひるがほ

きみにだけ見える季節があるやうにぼくだけに降る流星がある

夕風に殴られてゐた自転車の下の空缶そのものとして

Amazon の最終ボタン押すゆびに失意のごとき水が流れる

音の無い滝にうたれてゐるやうな日曜の雨、頁をめくる

フルートを吹きたい朝がおとづれて遠い他人を生きる気がする

恐ろしくリアルな夢を抜け出してあるいは夢のままの桜桃

いつまでもきみに寄り添ふものとして薔薇色の靴ひもを結ぶ

奥行きのない毎日がつづいてもきみ棲む朝の輪廻《ループ》をぼくに

だれかがビートルズを聴いてゐる
損なはれゆくものたちの列島へ八羽の鳩をはなつ三月

海は碧く深くゆかしい戦艦もジュゴンもヒエログリフも睡る

泣きながらゴジラは沈むまぼろしの海のみどりを仮想するたび

失はれさうなＤＮＡとして生きる世界が終はるときまで
過去を悔い未来を憂ひぼくたちはやけに空しい息をしてゐる
零りかかるドレッシングを見つめても闘争心は萎えるみたいだ

武器をとり闘ふひととなることのふつと現実めいて　万緑

火星にはかに近づく夜をやはらかく掌の桜桃が華やぐ

夏野菜よりも未熟な夜だから音消して観るスター・ウォーズ

笑はないで欲しいヤクルト飲みながら三度日本を愛すと言つても

思想まで気分に濡れるこの国で神を取り替へつつ生きてゆく

日本の複雑すぎるのどかさにだれかがビートルズを聴いてゐる

三連符に八分休符が混ざつてもぼくらはとりみだしたりしない

雨の日に雨の音聴くかつてかのリヴァプールから盗んだ耳で

わけもなく狂ふ時代の優しさの明るいガラス越しの蜜蜂

翼あるシューズを履いて逢ひにゆく誰かはるかな眼をもつ人に

くらいくらいくらい

ながいながい休符のやうな蒼穹をだれかのセスナ機が飛んでゆく
うすいうすい日本に紛れこむエクスタシーを脱ぎ捨てたのち
ひどいひどいひどい世紀の小説を流し読みして激情を待つ

ふれるふれるふれるこの世の怒りにも真つすぐに中指をのばして

ながいながい物語には中断が不可避だ恋に溺れてゐても

くらいくらいくらい積乱雲が来る野うさぎの香の雨をともなひ

アンドロイドの記憶

なにもかも透明になる世界から言葉が抜けて行く夜だから

点滅に合はせて動く指先を視てゐた夏の始まりだつた

絶叫で始まる人類《ヒト》のストーリー複製されてゐるね普通に

耳のなかを水が流れる恐ろしくながい眠りの終はりちかくに
うまく呼吸を合せてゐるときみがいま眠りを脱いでゆくのがわかる
眠りながらうつくしく泣くきみのため十八桁の認証キーを

モニターに映る夜桜、映像にならないきみの痛みを想ふ

色のない人生を生きながながと咀嚼してゐるこの夢のなか

朝の眼を潤すためにまばたきと檸檬と僅かばかりの美談

思春期の記憶を消して歩きだす真つすぐすすむ玩具みたいに

人類のあやまちは負ふ気もしないおれの深部におれが羽化する

白いブランコ揺らしてぼくは少しだけ哀しい事件に遭ふひとのやう

惜しみなく与へつづける記述など些かもない遺伝子として

光る海ばかり見てゐた幼児期を少し冷まして移植してくれ

さして重くはない生殖器および柔らかい孤独をさげて雄らは

消えてゆく景色に溶けてゆく何か未来の一部らしい何か

雨が降るフィルムの海の底にあるノスタルジアの石がつめたい

死んでしまふのだらう誰でも生まれつき痣を纏つてゐるあの人も

どんな憎しみも追ひつけないほどに激しくカラータイマーが鳴る

同性婚たとへば二十五世紀のアンドロイドの記憶の中に

この窓のひとつにきみがゐることも大丈夫だよ記録されてる

深く背をしづめて憩ふ記憶とふおのれのほかは座らない椅子

廃棄日のやうに記され消えちまふ祖父祖母父叔父たちの記憶も

戦争も飢餓も知らない哀しみのどうかそちらで処理してほしい

瞬きをかさねるたびに少しづつ隠喩のやうな死がやつて来る

ケンタウル祭のなごりの朝を行くいづれの生を生きる人たち

ぼんやりとしてゐることもルーティンのひとつ柿の木が濡れてゆく

きみにまでおよぶひかりの満ち欠けのただそれだけの月を眺める

天窓のかなたの星よ後悔をしたり父性を捜したりする

浴槽にひらく手のひら無をにぎりしめて生まれたはずのてのひら

七色のヒツジの夢をみるやうに世界は絶え間なく抒情する

終はりまで観ずに立ち去る夜の夢のうしろ姿のぼくの危ふさ

乱暴な振る舞ひをした夢ののちふつふつと父性は沸き上がる

自意識がノイズを孕むありふれたアンドロイドも夕映のなか

クリスマス・イヴの街行くひだり手に薔薇色の眼薬をあたため

ひとふりの痛みに救はれるやうにいつか最後の射精を遂げる

ロストボール

ストーンズに出会はなかつた十代をいつもアルペジオを弾きながら

息苦しいまでに普通の人である春の名残りのやうに生きても

黒猫に土砂降りの雨きみがゐるために世界があるわけぢやない

ひどくかなしく辛い事件をひきつれて時間は滑るぼくの頭上を
この窓を激しくつつむ夏の雨ほんたうの悲しみに濡れたい
夜のティーバッグがぼくに語ること気を付けてても独りになると

闇に舌をのばしてゐるとたましひが自転してゐる音がきこえる

Amの形に折れば深づめのこのひだり手がすこしやすらぐ

きみが涙を拭ふあひだも日本はキリンのやうに佇んでゐる

肺胞にひかりが差して来るやうにいつか世界に染みて行けたら

陽のあたる壁にもたれてぼくはただ雪崩のやうな感情を恋ふ

夕窓に蟷螂しづか後悔はとほく白亜紀にまでおよぶと

人々がりるるしてゐるゆふぐれをロストボールのやうに独りで

七曜

日曜の目玉焼きには日曜の塩がきらめき　逃げやうもない

月曜のミュージアムただしんかんと首長竜の首の骨鳴る

火曜日のラボラトリィに白髪の平和主義者がうたふソネット

水曜の十四行詩の始めからわたしの輪郭が崩れだす

木曜のサティ演奏会果てて雨の予兆を聴くひととなる

金曜のデイ・ドリームの花開き若きリアリストが立ち止まる

土曜日のオデュッセイアを投げ出して午睡の海の碧き波間へ

漸近線のヴィジョン

うらがへる蓮の花びら是か非かを問はれつづける日々の微風に

蓮または芙蓉のやうな朝あさを白湯にて二錠づつ服用す

熱狂は若き日の病み生ぬるいミルクが朝のからだをめぐる

昼のポストの中に未熟な闇があるあ、それも安らぎをふくんで

運ばれるアルミ缶より無記名の闇が零れる　まざまざと夏

【問1】に向かひうで組みするぼくの午後五時半の夏よさよなら

うちに帰ることも冒険なのだらう今宵ナイキのはねに月さす

西へゆく人と別れて帰宅するしづかに月がしづむ坂道

絶え間なく酸化してゆく身体を夜空にひたす月がせつない

ほしいままに時間はあそびよく晴れた秋の日ぼくをさそつてくれる

指先に息吹きかけて行くひとの秋咲く花のやうなほほゑみ

秋高き天まで意味のないあをさ嘘ばつかりの日本の上に

朝のカレーにのせる半熟たまごとかたまに唄つてゐる校歌とか

敷きつめたアイコンいつきに取り去ると自由になれる　とても自由に

わが街を荒らす怪獣　誘つてよきみの時代のウルトラマンも

匿名の指が行きかふ自販機にすこしうつむきながらふる雪

望月のさくらのもとに眠ること【問2】の前に立ち尽くすこと

世界平和があの少女らの微笑みがすべてつくりものだとしてもYES!

満開の桜の下をぼくたちは片目を閉ぢたまま歩き出す

西暦のひかりに頰を晒しつつしづかに走るナイキを履いて

グラフ［$y=\frac{1}{x}$］をえがいてどこまでもどこまでも

いつも歩いてゐる坂道で

きのふよりやや優美なる鬱のジャムもつと明るい銀のスプーンを

あり得ないレベルの闇と引き合つてここにある茹でたまごが重い

青空に鳩が飛び立つ絵のやうな朝のモジュールとしての歯磨き

手のなかの iPhone ふるへつつ光るいつも歩いてゐる坂道で

真つすぐに冬の子どもが駆けてきて海を見降ろす窓をさしだす

薄紅のコンドームから精霊がこぼれた　父となるゆめの中

転生を信じられないぎりぎりの銀杏並木を風は吹き抜け

手に負へぬ本を戻しておくほどのおのれの始末　あす雪になる

雪は明日あはくはかなくひらかれていつも歩いてゐる坂道に

海に降る雪のやさしさいつの日かぼくがぼくから脱ける刹那を

雪の夜の底にふたつの種子があるひとつは妻であり夏の花

忘却のかなたが海であるとしてそのあまからい闇をひとくち

第二章　亜細亜の底の形而上学

一度も存在したことがない姉さんのうた

春の夜の姉はほほゑむゆびさきでレモンひときれ搾りつくして

さきの世に姉がむすんだ靴紐のゆるしてほしいほどいてほしい

姉さんはしやべらないただ薫るだけただやはらかい桃の感触

姉さんのからだの奥はくろいくろいくろいくらいくらい暗闇

そしてぼくのからだの中にやはらかいかたいさみしい違和感がある

姉さんのからだに合はせられるほどぼくは大人に早くなりたい

姉さんの名前を呼んだりはしない湿度みたいな姉さんの髪

姉さんがぼくをゆるしてゐる朝は金木犀のきんいろの風

たとへば金木犀が姉さんだとしたら誰にでも薫るんだ嫌だな

姉さんに触れることばを話せないぜつたい死んでしまふぼくには

蚊が刺したあとを十字に浄めたら姉さんがゐるやうな気がした

姉さんのゆび姉さんのレモンティー姉さんが消えさうな夕焼け

ぼくが死ぬとき姉さんはほほゑんでぼくたちを知るすべての人に

アンドロギュヌスの微睡

雲間よりやさしき光差すごとくわが半身を満たす鬱あり
緑陰のごとく少女期かげりつつはつか羞恥の草を纏ひき
腋下より乳房にいたる寂しさの副葬品のごとし女は

梅雨のおくその奥のつゆ身体にただ雌であることの淵あり

わがうちの雌を晒せる夏草に一塊の逞しきトルソー

童貞は鋼の匂ひたたしめてなまぬるき夜の腋下に沈む

いたづらに天空を向く性器から朝がはじまる夏の放尿

炎天にはなつ精液そののちはただ一茎を捧げてゐたり

百合の茎ひだり手に萎えほろほろとくらき股間へ花粉をこぼす

神はわれらに何を秘したるとこしへに陰嚢あらはなるダヴィデ像

尼僧らのかそけき音す濡れやすき性の翼を折りたたむとき

微睡みの雌雄おぼろげなるまひる熱き陰茎《ファルス》となりて目覚める

掌に零す精液の熱あはあはと冷めれば雨のさなかなる夏至

ながき夏のをはりの驟雨遠ざかる着衣のイヴの乳房を洗ひ

殺戮ののちうなだれる獅子たちのエクスタシーのごとき残照

月光のしたたる櫂をさしいれて訪ふ男あれわたしの中に
半陰陽あるいは創のごとき性やさしみながら夏過ぎむとす

Looks Like

ベランダでするのは少し寂しくて嗤ひをさそふみたい　いけない
お尻突き出したとたんに身体が叫んだみたいイエス！　イエス！
いつとるつくすらいくかみさまばつとあいねばーしーいつとじやすとふいーるいつと

それは神様みたいだけれどわたしには見えやしないのただ感じるの

ウロボロスの体位へ誘ふ夜の底をなまあたたかい地震《なゐ》がひろがる

たましひが揺れるよ立つてしてゐると頽廃的なロープみたいに

満天の星座を浴びるアフリカの子どもみたいに唄はうとして
うつぶせの肉体《からだ》に向かひ大天使ガブリエルにもできぬ行為を
いにしへの巫女と交はるあり得ないリズムの呪詛に変へられながら

きみの下でぼくは子供のふりをしてしきりに神の笑顔を思ふ

生命がふたりを越えてゆくための熱量だつた睡りに落ちた

数万年前のひかりに濡れながらふたりは沈む時間の底へ

亜細亜の底の形而上学

ダ・ヴィンチの人体図的午睡から冷めれば銃のごとき夕立ち

この国に一億の人類《ヒト》ひとりづつ匿名の生殖器たづさへ

湿りつつ盛夏へむかふ水無月をまづうなじから性欲はたつ

水銀が生きものめいて逃げまはる今宵スーパームーンのもとで

怖いんだ射精以前の記憶から愛が消え去りさうな気がして

虚しくてたまらぬ夜を珊瑚らのワルツのやうな産卵つづく

もう死んでゐたりエクスタシー感じたり啞蟬の極まる真夏

永遠と云へなくもない黄桃の底から腐りはじめる真昼

休符だらけの記憶をかかへ歳月はかろやかに過ぐぼくを追ひ越し

馬の夢を見てゐるきみと駆けめぐる僕はモザイクだらけの顔で

五歳児のやうに好戦的になるきみへの射精、ぼくへの射精

きみがひとり唄ふ八月徒らにむらさき色の傘振りまはし

朝はいつもひだりから来る雨の日もひだりからきてきみは微笑む

日常と折り合ふきみはだからこそ神の鼓動を聴ける気がする

Google に与へてもらふ美しい紅葉や山を越えるかりがね

デジタルな落葉でさへ哀しめるきみの眼鏡の上を降るから

亜細亜とふ思案の底のゆふやみに数知れぬ性器擦れあふ

第三章　父国

歌ってよ愛のことばを

かの夏に昼顔ほどの破綻ありひぐらしの声毀れむばかり

原爆忌　ひとすぢの汗胸をつたひこここより夏の異界に入る

わが手より逃れて夏は極まるか百日紅散りつつ燃えさかる

いらいらと信号を待つかたはらにひくく十字をきる影がある

この国にしたたる雨を聴きながらしづかに瞼閉ぢる鳥たち

生は死の背景ならむまつすぐにまつすぐに飛行機雲白し

蟬の腹ふるへやまざりたまきはる八月の紺青をみごもり

両腕をひろげ夕陽のなかに入るイカロスも死にむかひて翔ぶと

驟雨過ぎ蟬の生命きはまれりつたなき日々のつたなきことば

沈みゆく大和左舷の擦り傷にだれも知らない愛のことばを

昇りつめ総てを開きたるのちはきみの瞳を流れる花火

嘘臭いわたしの底のわたしなど月下ひと刷毛ほどの歓び

うつくしく息詰めてゐるきみの手のしんと線香花火が落ちる

森を海をただよひここへ還り来る胞子がきのこ雲になるたび

無造作に打ち捨てられてゆくものを拾ふ老人たちとの夜明け

ぼくはたたかはないをとこ恐龍の舌下体温などを夢想する

戦争が不得手な少年たちのため裸でウルトラマンは闘ふ

神のみぞ知るその神も信じてはゐないけれどもいのるぼくたち

歌ってよ愛のことばを日本国憲法前文いのりのごとく

朝顔のはじめの藍の咲く庭のこのありふれた朝《あした》を母に

イニシャルたちの夜

はるかぜの鶺鴒駆けるいまはもうあとかたもないHのうへを

朝ごとに目覚める悪夢にんげんのなかにぎつしりいのちが充ちて

地下水を汲み上ぐるごと男らの自慰止まらざりけふ半夏生

初めての愛の言葉を吐くやうに渇いた喉をみたす kill you

神のエラーを見つけた夏の眼差しだＫにナイフが突き刺さるとき

銃を拭くＧの上腕二頭筋いかなる思想からも離れて

忘れようぼくの名前もきみの名もただ他愛ない話をしよう

きみに会ふためにに早起きすることも世界平和に繋がれ明日は

暗闇に叫びだすM、てのひらに射精するS、灰になるO

月光に洗はれながら冷えてゆくどの身体も歌はうとして

理由なき自害などない、さらば恋よ今はむかしの月のおもかげ

かはいさうなLittle Boyに母親をFat Manには看護士長を

できるだけとほくに置いて目を凝らすきみたちとぼくたちの戦争

ありうべきこの世の果ての夢として夕陽の色の日本列島

あかねさす日本の空にしみてゆけＩの粒子もＵの粒子も

目覚める死者たちへのファンファーレ

敷石のひとつひとつを撫でてゐる灰色の老人を見てゐた

柔らかな記憶の群が音もなく日本のフォルムなして飛び去る

両眼をつねに潤さねばならない産まない性である渇きから

ＡＩに開眼の日のあるごとくにはかに目覚めゆく秋の樹々

父となる仮想はるけくぼくにだけ実にそらぞらしい朝が来る

かはしたりくぐり抜けたりぼくよりも憂鬱の森林が深くて

いまきみを濡らすひかりは二億年はしゃいだことがない秋の月

勃ちあがる長距離弾道ミサイルのさきに誰かの心臓がある

望んでも望まなくてもこの空に戦争が降るほころびがある

砂混じりの風に吹かれてきみは飛ぶ日本の水を飲まずに叫ぶ

いかなる恋の結実であれさみどりの嬰児ら龍のすがたの国に

きみを連れて帰り着きたい　二十代激しく睡りつづけた日々へ

風に寄する恋のかなたに一陣の砂混じりきみの眼頭を撃つ

きみが放つ銃弾がみな突き刺さるわづかにぼくの痛点を逸れ

争ひは不得手なはずだジョーカーを引きやすい手を持つて生まれて

きみのその器官の重さ思ひつつ迷はず撃てと告げる右手は

うな垂れる千頭の馬この腕とひとつながりの怖れのために

いつも眼が渇いてゐてね世界とか時間の果てを見る気もしない

さらば地球よさらばカナリア色の陽よぼくらは愛し殺し悲しむ

明け方の樹液のごとくやさしかれ二千年後の日本人たち

魂きはる生それよりも鮮やかに目覚める死者たちへのファンファーレ

世界から愛するものが消える意味

見つけられない世界の核を撃つために性器を初夏の銃とする

iPhone の（海の向かうで戦争が溶け合つてゐる）不意の昏睡

ぼくに張りつくガラスのやうな精神と鬱がウィンク交はすゆふぐれ

ひとに告ぐべき歓喜あれ悲愴あれ帆のごとくiPhone 掲げて
とりあへず包んでおかう時代から身を護るためになんでも
殺すのも殺されるのも熱量と引き換へにして地球は廻る

約束のごとく黒蝶舞ふ空はだれの欲望だらう八月

蝶は世界を抒情しさうないきほひでぼくの左の頰をかすめた

雲をみつめるきみのとなりで靴紐をむすび直してゐた原爆忌

希土類がさざめく夜を青白くスマートフォンに照らされて立つ

過ぎ去つた日々の戦禍に分け入つて句読点打ちまくれ iPhone

痛みのない現実がありモニターに砂漠の色の街が崩れる

0および1で構成されてゐる銃声が鳴る　夕映えが来る

鯨鳴く海もよごれたアルバムも好きなことばも忘れてねむれ

不用意に愛し合つてはゐられない林檎がならぶ店頭を過ぐ

終はりまで見とどけてゐる秋の雨、誰かの物語のなかに降る

十字架に秋の雨降る十字架はただ濡れてゐるだけの十字架

ひくく飛ぶ自衛隊機をやり過ごし「ウチノメサレタコトナラアル」と

ここはまだ世界の終はりではなくてどこまでも戦争はつづくよ

不意に母への祈りにも似て人類が殺しあはなくなる日を思ふ

焦点を合はせられない世界から愛するものが消える意味にも

第四章　スウィート・ホーム

一九七二年・妹

うしろ手に受けとるきみの体温と夕陽が混ざり合ふ夢をみた

一九七二年いもうとの眉から碧い夏がはじまる

記憶にはあふれるほどの水がありきみのかたちの夏が来てゐる

夢のごとく写されてゐるいもうとの膝から下の海のしづかさ

無花果を分けあつてゐる風のなかぼくは九さいきみは六さい

夏の雲を眺めつづけてふたりきり砂丘のやうな午後を過ごした

駅前のウルトラマンは動かない友達だつた色褪せてゐた

檸檬一果ほどの重さであつたらう母の子宮の奥のいもうと

よく笑ふきみの木乃伊をつくるため左脚から包帯をまく

立つたまま泣き出すときのいもうとの右手の中にある夏の繭

押し入れの中で眠つてしまふのはきみのかすかなかなしみの繭

自転車の荷台に乗つて行くときはいもうとよ眼をつむつておいで

駅前のパンダはきみの神ぢやない両腕を差し出してゐたけど

きみどりのスーパーボールを探しても探してもこのポケットの中

月へ古代へぼくたちは翔ぶブランコに風と緑をもてあますとき

競ひ合ひのぼるジャングルジムの上にすり傷よりも紅い夕焼け

いもうとよ　この空が癒え朝になるきみの素足を輝かすため

ほほづき

てのひらにほほづきひとつ燃えながらアルバムの妹のほほゑみ

ほほづきをあたためてゐた掌をひらくこんなはてしのない夏の日に

ポケットにかくしたぼくの思ひ出がつぶれてしまひすぐにゆふぐれ

かあさんの思ひ出に棲むきみはまだほほづきの実を含んだままだ

かあさんの記憶をぬけて九つのほほづきの実をきみはさしだす

やがてぼくの十六歳が歩きだすほほづきの実をうけとるために

みづうみのほとりにたてばほほづきの九つの実のゆふぐれになる

太陽の核をはらむと言ひながら酸漿の実を含んでみせる

きみはいま酸漿の実を渡さうと三十歳のぼくに真向かふ

ぼくの掌をこぼれてしまふ酸漿がこのみづうみの青さをみたす

海になんて行かなかつた

珈琲にミルクが溶けてゆくやうにママとパパとはひとつになつた

昭和といふ暗がりのなか父親がこぼした精の蒼いきらめき

ママの奇蹟にパパの奇蹟が重なつてきみが生まれた　星降る夜だ

ママの扉をこじ開けて来たきみのため世界は限りなく饒舌だ

海になんて行かなかったと泣くきみの髪の先から夏が滴る

ママを呼んでおいで　大きな瞳には今にもあふれさうな向日葵

坂道の途中しやがんでゐたきみを時間はつつむ仔猫みたいに

争つて駆け下りる坂いもうとが夕陽のやうに追ひかけて来る

十一歳、祝福されてゐるきみの膝のかさぶたから欠ける夏

いつしんに打つゴムボールその度に一瞬きみの眉毛がゆがむ

駅ヘムカフ母ガノコシテイツタノハ鉄人28号ノボク

頭上より向日葵の讃うけながらきみは巧みに傷ついてゆく

ままハドコへ行ツタノダラウぷーるカラ帰ルト眩イ朝顔ノ藍

ぱぱガままヲ迎へニ来タノ？　ほんたうは夏空だけがきみを欲した

ぱぱトままニ手ヲ振ツテミルイツマデモままイツマデモぱぱイツマデモ

父だけが境界を出てゆく

八月になれば生きものさんざめく死者たちも生きてゐたいと思ふ

一本の向日葵を手に立つてゐる昭和四十七年の父

不機嫌なこめかみだつた孤独なる二十世紀を喰ふとき父は

昭和九年生まれ平成九年没、父は時代に間に合つたのか

デラウェア胸を汚してころがれる父の嫌悪の先の暗がり

甘栗に爪汚しつつ父が視し日本のさきに沈む父の眼

いつもひとりで寝かされてゐたふはふはの記憶の底の底の座布団

ペダル踏んで下る坂道ありし日の父の痛みを追ひ越すために

全力で薄暮、こころの夕闇が父の額を包みこむまで

父が父となりし日はわが誕生日、霜月のさきがけの神無月

産むことも産まざることも哀しいと父よかの日の母に伝えよ

本当のことは眩しいやすやすと生態系が崩れることも

はなみづき束の間を咲きこの場から無言ではこび去られるいのち
ぼくを産んだひとを愛してゐたひとが先づ失はれそののちの夏
いつのまにただよふ夏の気配から父だけが境界を出てゆく

亡き父といまは親しむひとひらの月が水面をすべるやさしさ

晩年の父の痛みの中空を火星きびしくひえてゆくなり

終章

美濃をめぐるパンセ

左手がふさがつてゐる母のためぼくが運んで行く明日まで

歓びに満ちてゐたんだ星々やゴム風船のやうにふくれて

美濃は咲く　むかし恋した少女から草色のうたごゑが溢れて

美濃は土　鐘鳴り止まぬ校庭に夏雲のうらがはが貼りつく

逆上がりの両腕が伸びきつてゐて誰ひとり飛び立たうとしない

終はらない十三歳とうつくしく亡ぶすべての蟬たちの夏

美濃は熱　記憶の澱である人の長靴の泥だらけのあした

雨雲のかげに夕陽が落ちてゆく恋の終はりについて思へば

美濃は水　わが血族の性器より日々ほとばしるものを含んで

救ひやうのない推論と錆びついた鉄の匂ひが交はり　晩夏

美濃は無為　かすかに意識する罪といま生きてある罰がつりあふ

祖父の遺品さながら美濃は横たはるわが薄暗がりのパンセに

ふるさとは河岸段丘二段目の萩咲くあたり　夏おとろへる

質感をもたない乾いた瑕疵である少年に次ぐ少年の日々

この国に朽ちるわたしのかけらからそれもいい草花が咲いたら

解説　風通しのよい家

加藤治郎

もう何も起きない部屋にかぐはしく腐る洋梨ほどの異変を

序章から引いた。一連は、静かな意思表示である。「もう何も起きない部屋」は、文学との関わりのメタファーだろう。もう何も起きない。そうなるはずだった。が、自ら「異変」を望んだのである。洋梨は歪な形だがその腐臭は芳しい。そういう異変である。そして、この部屋に火を放つところで序章は終わる。

◯

西田政史と再会したのは、二〇一五年の八月二十六日だった。中日新聞連載の「東海のうたびと」の取材である。「関白」という名前のラウンジだった。ちょうどその四日前「未来」三重大会で「起点としての1985」というシンポジウムが開催された。そのなかで一九九〇年代のニューウェーブが問題になった。

ニューウェーブとは、近代短歌以降の私《わたくし》像から離脱した新しい主体を模索したムーブメントである。口語、記号《メタ・キャラクター》、表記的喩、オノマトペなどの修辞を先鋭化した作品群として現れた。現在、ニューウェーブ歌人というと穂村弘、荻原裕幸、筆者加藤の三人を指すことが多い。今、位置づけるとするなら西田政史は第四のニューウェーブ歌人ということになる。いや、そうではなかった。私見では、荻原と西田の作品世界は兄弟のように近く、穂村は同時代の先鋭な歌人であり、筆者は意識の探索を試行していた。荻原、西田というニューウェーブに、穂村、加藤が巻き込まれていったのである。

『岩波現代短歌辞典』の栗木京子が担当した「ニューウェーブ」の項には、西田政史の名前が記されている。短歌史的な事実として確認しておきたい。また、何より一九九三年に刊行された西田の第一歌集『ストロベリー・カレンダー』が明確に語っている。〈シーソーをまたいでしかも片仮名で話すお前は――ボクデスヲハリ〉といった片仮名表記による少年期の意識の現出は、ニューウェーブのエッセンスなのである。

西田は、「短歌」二〇〇〇年二月号掲載の「妹、一九七二年夏」で作歌を休止した。一方、荻原、穂村、加藤は、企画集団SS-PROJECT（エスツー・プロジェクト）の活動を推進し、場のニューウェーブを標榜したのである。西田は静かにフェイドアウトした印象であった。思えば、春日井建のように鮮やかに歌の別れを果たす歌人は稀である。みな言葉少なく離れてゆくのだ。しかし、静かな別れだったからこそ、西田のブログでの作歌再開はスムーズにいったのではないか。編集者や友人の助力はなかった。一人の意思による再開だったのである。そのブログがこの歌集に繋がっている。

今年の五月二十五日、再び西田と会った。歌集の相談だった。すでに『スウィート・ホーム』の原稿は、ほぼ出来上がっていた。ブログの安らかな歌の印象は打ち消された。精悍な筋肉を思わせる作品群であった。

フルートを吹きたい朝がおとづれて遠い他人を生きる気がする　「夕風に殴られてゐた」

ながいながい休符のやうな蒼穹をだれかのセスナ機が飛んでゆく　「くらいくらいくらい」

耳のなかを水が流れる恐ろしくながい眠りの終はりちかくに　「アンドロイドの記憶」

真つすぐに冬の子どもが駆けてきて海を見降ろす窓をさしだす　「いつも歩いてゐる坂道で」

手に負へぬ本を戻しておくほどのおのれの始末　あす雪になる　同

たとへば金木犀が姉さんだとしたら誰にでも薫るんだ嫌だな　「一度も存在したことがない姉さんのうた」

戦争が不得手な少年たちのため裸でウルトラマンは闘ふ　「歌つてよ愛のことばを」

自転車の荷台に乗つて行くときはいもうとよ眼をつむつておいで　「一九七二年・妹」

駅へムカフ母ガノコシテイツタノハ鉄人28号ノボク　「海になんて行かなかつた」

亡き父といまは親しむひとひらの月が水面をすべるやさしさ　「父だけが境界を出てゆく」

美濃は無為　かすかに意識する罪といま生きてある罰がつりあふ　「美濃をめぐるパンセ」

フルートの音色は朝にふさわしい。生きる根拠などあるのだろうか。「遠い他人を生きる」ような感触しかない。これはおそらくずっと付きまとっている思いだろう。この淡さは「だれかのセスナ機」にも通じるものだ。あてどない若い感性が息づいている。

生はながい眠りのようなものか。その眠りの終わりがやってくる。では目覚めるとどうなるのだ。耳のなかを流れる水は恐怖の予感だろう。こういう意識の探索は、ニューウェーブ以降一貫したモチーフなのである。

架空の親兄弟を登場させることは前衛短歌の方法だった。そこから普遍的な家族像を生成、批評し、ときには破壊したのである。「一度も存在したことがない姉さんのうた」と告げて、架空の姉を歌うとはどういうことか。前衛短歌の超克か。それでも金木犀のように薫る姉への深切な思いは紛れない。自転車の荷台に乗った妹の甘いノスタルジーに浸ると、姉と妹の実在性を問うこと自体ナンセンスだと思われてくる。ニューウェーブの表記法による鉄人28号の歌からは、むしろ現在の自在感が伝わってくる。父への挽歌の率直さと、故郷美濃へのオマージュは、こういう方向から生の根拠に迫ることもできると語っている。

○

『スウィート・ホーム』というタイトルに春日井建の「歸宅」（『青葦』）を想起した。春日井建の場合、短歌への帰宅は結社の主宰となることでもあった。西田政史は、風通しのよい家に帰ってきた。とてもよいことである。

この歌集が多くの新しい読者に届くことを願っている。

二〇一七年七月七日

あとがき

五十歳を過ぎた頃からある思いを抱くようになった。それは、僕がいなくなった後の世界に、僕の痕跡がいつまで残るのだろうという漠然とした寂しさのようなものだ。僕のＤＮＡを引き継ぐ子どもはない。親戚はみな高齢だし、知り合いも友人も少ない。あまり深刻ではないし青臭いのは承知しているが、僕のことを記憶しておいてくれる人が少ないのはなんだか寂しい気がする。

そんな不安に駆られたある日、僕の痕跡をさがしてインターネットで検索してみた。すると、第一歌集や個々の作品を取り上げて批評しているサイトが見つかった。ツイッターでは見知らぬアカウントが自分の短歌を自動ツイートしていた。第一歌集から四半世紀経ってもまだ、僕の歌を記憶していてくれたり、歌集を読んでくれたりする人がいた。正確にはインターネットが記憶していたということなのだが、少なくとも短歌の方が僕自身よりもずっと長い間この世界に残留しそうに思えた。

第一歌集のあと、僕は一度完全に短歌をやめてしまったのだが、二〇一三年の春には、再び書き始めることになった。きっかけは同世代の歌人が書いた二冊の本、『短歌の友人』（穂村弘著）と『短歌のドア』（加藤治郎著）だった。名古屋市栄地下街の書店で偶然見つけ、しばらく訪れていない母校を覗いてみるような気持ちで手に取った。一方は短歌の「酸欠世界」について少し苦しげに語っており、もう一方は入門書らしく短歌への入り口はどこにでもあると誘っていた。

ブログを開設したのはこの頃だった。自分の痕跡をできるだけインターネット上に記録しておこうと考え、まず、第一歌集全篇の掲載を始めた。それを終えると、新作を掲載してはツイッターで告知していった。不定期だったが、告知のたびにアクセス数が増えた。そこは、締め切りや歌数などの制約がなく、欠詠という概念すらない、気ままに作品を発表できる辺境のような場所だった。だから辺境歌人と名乗ることにした。そこでは、古典も近代もポストモダンもリアリズムも前衛もニューウェーブも、何もかもがその枝葉を広げ共生しながら豊富な酸素を生み出していた。

インターネットという仕組みは、一人の辺境歌人が、独りで自由に歌い、発信することを可能にしてくれる。同時にそれは、優れた記憶装置、閲覧装置でもある。インターネットが記憶してくれているなら、しばらくは世界から忘れ去られることはないだろう。僕は安心し、それで事足りていた。

第二歌集のことを考えるきっかけになったのは、やはり加藤治郎さんだった。中日新聞夕刊の連載「東海のうたびと」に取り上げていただけるということで一度お会いした。二〇一五年八月のことだった。加藤さんはブログでの活動に共感してくださっていた。その時、「歌集を出すことは考えている?」と訊かれ、「機会があれば」と、とっさに応えたことを覚えている。

その日から二年が経った。この歌集の素材となったのは、随分むかしに総合誌に発表した作品と、ブログに掲載した作品とを合わせた約六二〇首である。その中から三四七首を選んだのだが、大部分が五十代の作品となった。しかし、もともと歌集を前提にしない作品だったため、かなりの手直しと再構成が必要となった。一首一首を読み直し、手を加え、再構成していった。それはまるで、出土したバラバラの化石片を集め、細部の汚れを丁寧に落として、恐竜の全体骨格を復元するような作業だった。地味で根気のいる作業の中で、この歌のひとつひとつが僕自身のかけらでありDNAなのだと考えていた。

インターネットで事足りていた僕が、なぜ歌集を出すことにしたのか、正確な理由はよく分からない。摑みどころのない辺境生活に質量を持たせたかったのか、それとも、歌集というまとまりの中で、ひとつひとつの歌がどんな表情を見せるのかを確かめたかったのだろうか。きっとその両方だろう。ともかく、ここに収めた歌のすべてが辺境で発芽し成長したことは確かだ。インターネットという辺境は、現在の僕と世界とを、ちょうど良い強度でつないでくれる最適な場所に感じられる。僕にとっては、未来への希望であり、永遠の見える場所である。だから僕はここを「スウィート・ホーム」と呼ぶことにした。

この度の出版に際して加藤治郎さんには本当にお世話になった。加藤さんがいなければこの歌集は生まれなかった。最後に、僕の歌を知ってくれているすべての人、これから知ってくれるかもしれないすべての人に、感謝と愛を込めてこの歌集を捧げたい。できるだけ多くの人の記憶に残ることを願って。

二〇一七年五月二一日　小満　　　　　著者

■著者略歴

西田 政史（にしだ・まさし）

1962年　岐阜県美濃加茂市生まれ
1989年　短歌研究新人賞次席「The Strawberry Calendar」
1990年　短歌研究新人賞受賞「ようこそ！猫の星へ」
1993年　第一歌集『ストロベリー・カレンダー』

ブログ：えばーぐりーんカフェ
Twitter : @musouan

ユニヴェール4
スウィート・ホーム

二〇一七年八月十五日　第一刷発行

著　者　西田 政史
発行者　田島 安江
発行所　書肆侃侃房（しょしかんかんぼう）
〒八一〇・〇〇四一
福岡市中央区大名二・八・十八・五〇一
（システムクリエート内）
TEL：〇九二・七三五・二八〇二
FAX：〇九二・七三五・二七九二
http://www.kankanbou.com　info@kankanbou.com

DTP　黒木 留実（BEING）
印刷・製本　大村印刷株式会社

ISBN978-4-86385-273-0　C0092